機率。成像

Probability ; Imaging

徐羔詩集

代自序：一瞬

本書的書名為機率。成像；但如果略讀其中，我們可能發現不到數學、邏輯的機率以及物理、光學的成像。也無關手作者自身的自然組學歷。在寫這篇序文直接聯想的關鍵詞是「瞬間」：到來，就過去的，瞬間。

一首詩的存在，對於詩人而言，只為了留住一個當下、其中的技藝（或記憶）的美好與否都是後話了。我們嚐詩如同喫茶而後，茶葉沈降湖底，餘下的則成為了口中的韻香。

雖然不知道你們會怎麼看待這些文字物件，如果能在任何遇到的對境上有幫助，則應會是作者共時性的欣慰。

陳重諺序：必需的奢侈品

在詩學的領域，徐羔藉著轉折的意向讓文字跟生命進行深度的探索。有著閱讀海量書籍的底蘊，對生命，對自身，以及對萬物的探詢。

有些人認為詩不是必需品，確實，詩是一種奢侈品。

在這樣眾生喧嘩的時代，有沒有一段文字能安住你的心？

或者就像生命偶然的際遇與機率，碰撞成目前人生的成像？

阿彌陀佛。

機率篇

成像篇

機率篇

當大家都開始開車的時候
你繼續行走
一步一步的走

走是腳在走
什麼控制腳在走
什麼控制腳要走去哪裡

行走生成風景（不是照像的那種）
生成新的景色或關卡
來到新的一餐

與地天水風共食

愚者的步伐

那個年代的人們
有一種
屬於那個年代的優雅
即便行至今日
依然不曾消失

那個年代的人們

意念是前現代
語言是現代

植物是前現代
動物是現代

動作是前現代
唱咒是現代

呼吸是夢是呼吸是夢是
前現代的現代的前現代的現代

史學

把一些冬陽
握在手上
冷的時候
便不至於冷

無我的起源仍是自我
自我也不全然是我
如冬陽
那般靠近
卻從不接觸

如四季
如夏花
如秋夢
在相遇之時
確定了彼此的駐留
再緩步前行

靜春

植物加一點點變成園藝，
園藝加一點點變成森林，

森林退一點點變回園藝，
園藝退一點點回到植物。

上下階梯

我們不默認
不承認
不否認一些

愉快的犯罪

罪的最初
因為法典
然而
何人撰寫法典

如果災難無罪
如果工業無罪
如果教育無罪

則無人應當在球場上
被裁判離場

永遠無罪！

「個別」
是很深的一門學問
如果我們是一位老師
我們眼中看到的
會是
一群學生
還是
一個一個帶著不同故事的
人？

在那之前
另一個層面則預設了
傳承
的繼受關係

這在思想史尤然（無論東西方）
吾人當可仔細探問單一思想家（或作者）
的思考論題；
但同時
較為人所忽略則是
這位哲人放入哲學史
（文學史藝術史史學史）
接收了誰傳承了誰甚或推翻了誰
如星
置於一整座星河

在奔跑之前
我們總要學會熟悉肌肉的構成與施力
感觀收攝
在向外看前，先好好返觀自心

那裡總有下座山頭

練習

（練習）

一切終將到來

終將到來

又到了曬衣服日
夏天要曬衣服
冬天要曬衣服
大學生要曬衣服
中年人也要曬衣服

一件一件地掛上去
等他們乾

日出

如果他們知道
再過一點點時間
如果就再那麼一點點
他們以為過不去的
再怎麼難熬的

寫完了那本書
拍出了那部電影

如果他們知道
在那之後
就是平路了

也或許不對
與其說是平路
可能更像曠野
一望無際的曠野

原本的設定被取消
重置
新的語言
新的付款方式

如果他們知道
那裡其實什麼都沒有

無題

打開連蓬頭
那一刻
你感受到束縛隨之褪去
取而代之的
滌淨與沐生

在此同時
地球上有多少人同時在洗浴呢
與你不同構造的另一具軀體
另一朵靈魂
也褪去其全身衣物
（是的，可能比你還更多一些）
水氣蔭蘊
香氛環繞

我們說著不同的語言
也許餐餐不同的菜肴
或者進入不同的廁間

但是否
在褪去所有的那一刻
我們開始呼吸
同樣的空氣
站穩相同的地表
望向窗外
相同且唯一
太陽、星星、與月亮

大同

一隻鴨子
決定坐在湖畔的草地上
度過牠的一天

一隻鴨子的一天

抛棄了拋物線
或任何方程式的圓滑曲線

蜂鳥以一種
點對點瞬間移動的方式
行駛於大氣

蜂鳥的飛行軌跡

薄膜
是真的塑膠薄膜
還是泡泡水吹出來的那種

薄膜內外
隔出了兩個世界
外面的想進來
裡面的想出去
看
（看）

內外其實不過倒影
膜的宇宙
或許會達成離子濃度的
平衡

薄膜

外表都是一樣的
我們如何區分
好人與壞人
司機與乘客
出題者與考生
還沒開花的枝芽

翻開心理學的發展史
有過非常多不同轉向
其中有一個時期的主流思想是
行為主義

Behaviorism
此學派強調的是外在行為
這個學派的大老說
「給我嬰兒
我可以使其訓練成任何可能的職人」
多麼自豪的宣示

然而回看
在我們所處的世界中
我們所熟悉的人群
除了行為之外
除了行為之外
我們能夠探索到 什麼樣的靈魂底層（又或者 誰能）
無名
且無明之骸跡

穿越

如果有所謂的「不該」
另一邊則一定存在著「應該」

應該是什麼
「應該」是「什麼」

就像收到公司的面試通知，
無論想不想去都應該很有禮貌地回覆「謝謝貴公司的面試邀
約．．．．．
或者
走進某店舖，總一定要聽到「歡迎光臨，謝謝光臨」

應該是不是構成
因果？
建立在這些慣常模式（儀式）的果？
至於果是甜的、酸的、還是沒有味道，
似乎往往不太是人們關注的話題

一隻鳥或許分辨得更為清晰

一隻鳥的嗅覺

齒被挖開一個大洞
看不見的地方現形
氣味也傾瀉而出

根管治療的底層氣味
抽掉牙神經
而嗅覺神經尚存

底層的氣息味何以如此腐朽
如同屎糞亦在軀殼某處逕自生成

而
抽乾清空那些腐肉之後
我們是否能夠重生？

重生

喝下一大口水
此時的你
就只有水跟喝水

水從極熱到寒冰
（你）
從極渴到餐桌禮儀
（都要）都要喝水
如同那句經典的廣告台詞
多喝水沒事多喝水
大家都希望沒事，所以大家就都多喝水

綠色的生命體也是一樣
無論灌溉或者栽培，也跟我們一樣在喝水
從根壓到蒸散作用的運輸渠道
根莖得以茁壯，
葉脈得以開展，而開花

你又想到了那些個牠
（牠）
在成為一片、一塊、一條之前；
也跟我們在同一片土地上，喝著水嗎？
也感到同樣的渴嗎？在圍爐的正月，或者流火的七月。

在生命被結束之前，
不至於飢渴嗎？
你不由自主地這麼想著。

不由自主：眼睛裡的水

把水餃下入鍋裡
過不久會成成熟的水餃

把青菜放入鍋中
過不久會變成炒好的青菜

把我們想的說的做的放入空氣
過不久會變成⋯⋯？

時間

記憶本身就是一個生物
我們要尊重其存活的權利
但是
有時候
記憶也會跑過來侵犯我們的
怎麼辦呢
這個時候
對
太極拳
一動一靜
一來
一往
不如
創造一些新的記憶
音樂攝影美術語言笑容感動哭泣仿造的憤怒
告訴牠
閃邊去吧

海馬迴

這種人註定要愛很多人

愛他們自己
愛花草樹木
愛他們的同類

相同的異類
相異的同類
是的
都愛

都愛
在愛之前
在慈悲之前
他們早早習會了愛

行為上的習得與
內在同體的融貫感

或許都是愛
或許也都可愛

這種人要愛很多人

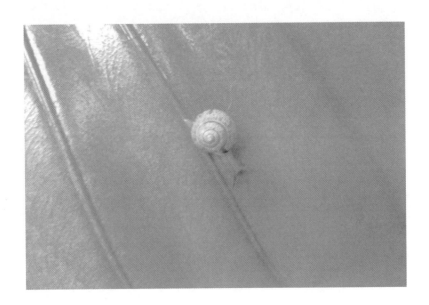

物件都是一樣的
點選播放
讓一切稍微
調回到原來的基準點

校準元件

貓什麼時候不是貓？

雨後的日子
當貓發現
遠方的狗
悄悄望著彼此的眼光

當貓發現
其實自己也已經
在遠方

無題

權限
人類璀璨的文明
一道道厚重之鎖
加諸於門
或者自身？

駭客

如果有所謂「深度心理學」
那麼是不是也該有另一邊的
「膚淺心理學」？

打開稱之為國內心理系所龍頭之台大心理頁面

認知發展
知覺生物
社會人格工商
神經科學家甚至以找出意識相關的腦區作為最終堡壘？

獨獨沒有精神分析或者深層心理

我們甚至失去了黃昏

失去黃昏

腦是核心
心臟是核心
肚子也是核心

看似好像都是訓練的核心
卻也好似背後（或之外）
有個更大的巨核在指引些什麼

離開核心
（離開我）
讓巨靈開始示現
開始真正的訓練

核心訓練

我們看不到我們的背面
在那裡
但我們看不到
有監視攝影機也無法

背面往往安靜
安靜到有時會發出不存在的聲響

他被說萬花筒時確實是高興的
更勝於什麼什麼的滿足

可是
他也知道
現實是如此直面
銅板的兩面
（瞪眼）

願我們是最最後後
都毋需瞪眼之人

願

我們終於爬過了那座山
忘記了一切路途與天氣

山是本來的
爬山是後來的
走是本來的
走路是後來的

睜開眼
我們終於來到山中

來到涼涼的山中

溫室植物群想要上街抗議祂們在城市的生存權
可是一走上街
發現街上太熱空氣太髒水源又不乾淨

於是又默默走回溫室了

溫室植物的抗議

新人類沒有資格定義舊天使
天上有天上的運行軌道
人間有人間的

新人類在新舊世界之間穿梭
猶如蝴蝶穿梭於雨林花叢

有（或無）意識地給出一個眼神
一聲哨音
一種必須的姿勢

所謂蛻變

必須的姿勢

那是一條線

『宗教』
『驅使的力量』

在那部電影＊中
已經離開的青年導演給出了相當精確的定義
導演允許了不被定義的善
隨機的善

我們必須被這樣的隨機允許
而後才有所謂的主動

論隨機

＊胡波，〔大象席地而坐〕

前方的路如果一片荒蕪
我們能否再相遇
於沙漠中的一片小小綠洲

那裡有蛙
我們吟唱
我們放棄了人語
成為了蛙

兩隻蛙的久別重逢
（所有的相遇）
不必敘什麼舊
卻也甚是感人

兩隻蛙的相遇

先行的先行者
退後的先行者

（先行的退後者）

（（退後的退後者））

排列組合

試著給苦難中的人們微笑
那麼
自然或許也能漸露笑顏

微笑練習

相對於陰瑜伽的停留
日光浴是自然的大休息
（最好連泳褲也沒有）

我們太習慣往前
　　（往哪）
卻總忘記此地的光景

此地的光景

在蓮花和淤泥之間漂移
不是執著
亦非不執著

泥中莖系有時太過於盤根錯節
以致我們難以分別其本生

蓮花尚未開出
何妨先觀蓮葉吧
（花也並不非得讓世人把玩）
因為那些香氣
對蓮來說
自身最為明瞭

蓮之隨想

世界過於巨大
以至於下一步你不知道走向何方
心靈過於巨大
以至於連最小的回聲都無從可聽

世界與心靈相遇
看不見山中的花
是山中的花
或者山中的心

此時
就成為了一道
困擾的謎題

彼時
一切星系穩固地運行於各自軌道
規律運行
規律停轉
下游的魚群逆流而上
林中的農人植樹種果

學生還沒有老師的臉書
老師也還不用擔心退休

彼時的歌曲似乎總是近了一些
現在聽好像總有種令人生疑之惶惑

說是現在不能認真

因為沒人跟你認真

可是史料
都還是如此安靜地告訴著你
沒有錯

燈塔

（認罪）

認罪是不是協商的
第一步？

罪
罪確實被記錄於人類的法典
（誰創造了法典？）

自然界從何時
從演化樹的哪端開始了罪？

虎口豹心
巨震暴雨
都不謂之罪

還沒嗎
還不到嗎

又要回到我們不理解（或排斥的）神學嗎？

認罪協商的抽絲剝繭

母親用自己的方式守護著我

拿出古老時期的相片
文字
手寫的書信

證實了曾經有過的史前年代
歲月靜好

母親在那個年代
與她所孕育的我
靜好

至今
仍然如此這般地
守護著我

母親：致領新聞台薪水的媽寶們

寫完詩抄經
抄完經寫詩
寫完詩抄經
抄完經寫詩

簡諧運動

在治療的中後期
他才開始知道
原來許多牙醫師是不太願意做根管治療（俗稱抽神經）
原因是吃力且不討好
（多少牙醫招牌寫著「專業植牙」）

後來他也才開始知道
那些靈光緩慢伴隨儀器的時間中
那位牙醫師非常非常盡於她的職責
一次，又一次地
上麻藥　（上麻藥）
刮除神經　（刮除神經）
照 X 光確認　（照 X 光確認）
（一班班捷運　一次次日出　一落落月亮）

而他要做的僅只是 150 元的健保掛號費以及下午的一小時時
間

很多時候
人與人的界線是冷凝卻溫暖的
凝的是人們清楚在那樣的場合　無論分說　也不該再往前跨出
一步
暖的是存有善念的人能夠讓他人以各種方式體驗到善與愛

治療他的牙醫師是這樣的一位女性

在治療最後一次約診
他半開玩笑（也確是事實地）向牙醫師說了句話
「醫生，我有高血壓體質欸，每次看的時候突然鑽下去雖然
確定有麻藥總會害怕會不會突然痛一下」

空氣停了半响
「我也有啊，降血壓的藥開始吃，吃了快十年囉，你也有在
吃嗎？」
然後，開始了交流了一些養生之道。
旁邊的牙助是一位非常溫和的年輕女性，善的集合。

他很想給那間小而舒適的牙醫診所一個大大的擁抱
在看不見與看得見的地方

懂得笑，就不會恨*

* https://zh.wikipedia.org/wiki/邱璨寬

這裡是你家的花園

這裡有花
　有草
　有樹
　和木

因為是你家的花園
你感到非常的自在

你邀請了你的朋友來
也邀請了蝴蝶松鼠
　　小鳥
　青蛙和野兔

你和被邀請的朋友們
都非常自在

自在的花園

科學還沒進步到使我們能夠交換

咦
與其說交換
或者說成為吧

成為了之後
就能夠檢驗
就能夠被判斷
心證就成為了實證

玩笑就成為勇敢

成為

人們共同的不承認形成了規約
社會的安和祥樂便建立於這樣一個巨大的
否認之上

思想家把那看成是鬥爭
兩種本能鬥爭後的結果
他在想
用緩點的詞
可不可以是
調和

就像
奶精贏不過咖啡
罐頭贏不過貓
卻仍存在

調和

海邊的樹種與山裡的樹種似或有些不同
是其本身的不同
或因其生長於林內或岸邊

樹種差異

無量光
無量劫前
佛界安好
尚未撒下種子
一切尚未萌發

離岸

一隻肉牛能不能希望牠不會遭到宰殺
能不能希望是一回事
希望的成立與否又是另一回事
肉牛最終可能希望牠不會是一隻肉牛

可是這個世界有肉牛
有屠宰場

屠宰場的肉牛

把散亂四處的書歸回原位
散亂四處的發票假裝不存在
散論四處的藥多吃個一兩顆

報名了一場音樂會
一場現代舞
一場禪修活動

禪修活動是有效而新鮮的
就像每天都要洗澡一樣
擦拭身心

擦拭那些散亂
把他們收攏成乾淨的旅館
棉被摺出好看的稜角
廁紙也要變成尖尖的三角形

一切都是新的
一切都在現在
我們是第一個使用者

我們不怕

家庭主夫的例行公事

神給了人兩種懲罰
一種是因著所行之事變老
另一則是因著無所為而不將變老

人們被亂數分配到這兩種懲罰
可怕的是
人們無法選擇
更可怕的是
人們不知懲罰孰輕孰重

神旨：I

請保持適當的動作
適當的呼吸
適當的節奏

適當的健康

有氧老師的提醒語

淡水站五十嵐的女孩很開心

「你好！要喝點什麼呢」
「（飲料製備）」
「來賓＿號，您的飲料好囉！」

一氣呵成的每一天
藉著飲料帶來歡樂的善良靈魂

柳橙綠噴泉

不合常理之事務猶如地上的星星
因為跑到了地上
人們開始撿拾
開始仔細端詳
開始研究是否可以食用

不合常理的事務猶如水中的雀鳥
在水中飛
在陸地游
在空中跑
雀鳥如果是達爾文的雀鳥
或許終究會習得這些進化

不合常理的事務猶如空中的食物
大家都說
"天下沒有白吃的午餐"
因為便當店在地面
可是便當店是便當老闆開的

我們不能確定老闆的心念是否也在地面
說不定哪天
也可能跟隨漂浮

Karma Revisited

如果我們懂得拒絕路上的推銷
何以我們（不）拒絕
講台上
從小到大的推銷？

質疑者

想當一個變態

徹頭徹尾的變態

因為這世界太正常

太正常

在那個國度
一切運作完好如襲
君君臣臣父父子子
男人與男人
女人與女人
那是黃金分割的年代

那是還沒自由落體的年代

運轉者

累劫世
累劫業
世世果果
果果業業

對於不願相信無間的你
選擇了永恆的駐留
偽裝的如此失敗
偽善地眾人皆知

可是（可是）
誰可以知道小說的分段
電影的分鏡
四季（一日）的遞嬗

除了作者
除了導演
除了天

天人人天

真實的藥一粒一粒
被我當成好朋友的他們
從來不把我當成好朋友

書本裡的藥
藥方良多
猶如前人走過的地圖
或者高手心經武林秘笈
燒腦但絕對值得

五蘊所及的世界技能是真實的藥
像是觸角又往外擴張了一點的蝸牛
很慢很慢
但是在大雨後能夠大量冒出的大無畏精神
一次又一次的出發
一趟又一趟的旅程
凡走過必留下痕跡
痛苦會過去美會留下

人是最美好的藥
毒藥
或者解藥
當我看見人們眼中的光
閃耀

四種藥

鮮肉

既鮮且肉

像是擺在眼前的肉包

阿

小籠包

恨不得將其一口咬開

啊

可是佛教徒講慈悲

肉哪裡慈悲

可是我看著肉的眼神

明明如此慈悲

可是那裡本來

應該沒有我

可是

可是

鮮肉的慈悲

上輕倒重見輕間海
無執顛成執重之的
道重見而忘修答她
佛執所輕莫覆問是

緣

前面好像還有一個轉角
還沒看到嗎

再走一點點吧
路會被呈現出來的

流沙之年

接收上天贈送的禮物
語言
然後小心但不謹慎地將其說出

（河流）

（魚群）

每句話都可以是通關密語
每句話也都可以有言外之意

通關密語的秘密

繼續旅行吧
繼續在站立中保持搖晃吧
那種捷運網的站牌圖
去過了幾個呢
感覺多少次不同溫度
吃過幾間餐廳
看過什麼樣的臉
而瞬
而順
而舞
而不復存在

不存在的隨機犯

.

落葉是新葉的可能
年輪亦然
在那個很多蟬
（與很多蝸牛）的夏日

你看見了當下

脫殼

搭乘交通工具
人被提升動力
速率乘以時間
忘記所行距離

行人、乘客

禁用塑膠吸管
但還是可以吃肉

一國兩制

陰曹地府
於彼界流連

流連始於心性
始於無明
卻也清明
不若飛蛾
撲不成火
火亦自滅

終將滅於無常
常生菩提
共生靜境
共駐地藏

界

來到最後的印度冥想
系統的操作導向脈輪及其染污
由下而上（由下而上）
逐次綻放的蓮花
如果被污染
則無法進行其正常功能
我們必須時常清潔
如同清潔身體一般
那不同於向天主的禱告
也不同於禪中之定
必須清潔

脈輪清潔法

我看見那些凝視著我的眼睛
在那個小小的空間
我知道祂們知道
祂們在

對望使我們能夠交換一些安和的氣息
願意將不定轉化為定
佛度有緣人
有緣也必須有心

將心掏出來給神明看一看
小心的清潔那些塵埃
再慢慢把它放回
原來的地方

神明與我

皮蛋豆腐的醬油
不能加太多
也不能加太少

加太多
就不是皮蛋豆腐
加太少
也不是皮蛋豆腐

皮蛋豆腐的醬油

自己的陷阱
是自己設的
還是上天給的

如果是上天
是根據什麼樣的原則排出這個魔法陣
讓我們咕嚕咕嚕

天咕嚕

他們在等待
我們也在等待
一起等待每天的日出日落
每季的天雨天晴

Waiter

在一些巧合中
你發現了語言的奧秘
我們說
也被說
安靜的力量透過我們
將意思表達出來
不明究理
不著痕跡

大天使的祝福

世界有時虛幻
在那些我們看不見得地方乳酸進行堆積
血清素的濃度進行變化
一點點的意志
或者
很多很多不淺的潛意識

世界有時真實
當我們感到疲憊飢餓
卻滿足
當我看見我們的微笑
恰到好處的霸道
成為王道

你就應該這樣
跟著你們的步調
一起前進
後退之後
繼續前進

乳酸堆積：給 HS

2019 八月最後一天
的晚上
的游泳池
的我
跟著風
一起游泳
游離開了白天的酷熱
游離開了八月
游離
離開了之後
他是否也望向同片天空
同個水面？

是日

夜為一切妝點了倦容
亦妝點了美色
夜的虛幻似真
對應於白晝的真實似假

所有的修復亦悄悄於夜間進行
(不是塗抹的那種)
也許音聲
也許色相
也許心念
都在夜間馳乘

說聲晚安
告別每一個值得讚美
(或者必須遺忘)
的今天

續向明日航行

夜霧業務

海睜開眼時
正如山睜開眼

山睜開眼時
正如你睜開眼

你睜開眼時
我也睜開了眼

於是
山海便存在你我之間

天人合一

如果每個人都是一個宇宙
我願走入那些宇宙的深處

看看不同的宇宙
不同的星空
不同的雨

如何化作同一株花
同一棵樹
同一片森林
同一本書

把紙條遞了出去

搭訕者

五濁惡世
火宅
安身立命之處

談論
人們如何談論一些
火焰
閃電
毒氣
迅雷不及掩耳之物

不是政論節目
也非電視
的一台巴士

塞

我們都愛這個世界
但或許用了些不同方式
在這裡
與那邊
在每一個動作
或每一件產品產出

啊
所謂的全觀何其偉大
如果那是一個全知者的視野
好像裝滿了不同角度監視器的房間
椅子上
桌子下
花盆旁
貓眼睛
看出

但到底
能不能通往
最內最內的
ㄒㄧㄣ

水晶體的光線散射路徑

中秋已將
群星開始起舞
（亂舞）
泳池畔少了日光浴的人群
水道線也悄悄的移除
（沒有
隔閡）

電話作為一種原始的傳遞方式
不是信
（也不是 uber eats）
使語言跟沉默都在迅雷之速發生
而暫離了目光

貓偶爾還是
行過人們的眼前
（眼前）
還是
不屑停留

無題

好些人探問過所謂「純粹性」
的問題

多半應該在藝術
戲劇
舞蹈
音樂
電影

可逼近的方式逼近無可逼近之物

相信純粹本身似乎是一種善
如同相信

存在著一畝淨土

淨土宗

早晨的太陽
早晨的空氣
早晨的光

清晨六點的空氣
與
十點的空氣

早晨

（摸牌）

五萬拿完拿六萬
六萬拿完拿七萬
七萬拿完拿八萬
八萬拿完拿九萬

（胡）

等差數列

有樹的地方
通常也有山
也有溪河
跟小鳥
也有比較可愛的
人

有樹的地方

站穩一個無法站穩的位置
衝浪
全是海浪
當人們全都戴上了口罩
我仍在海裡呼吸

在海裡呼吸

多所護持
多所成就
沒有才能的少年
將他的菸拋向遠方
燃起一道火光

擲火

電影的語言
於日常目前顯現
忽略學長與學弟之後
是否都能
再靠近一點

男更衣室

隨著光影感受世界的善
與非善

遠
思索著遠
遠是什麼
走進森林了嗎

在很緩和地勢之處觀浪
看海
看遠方之飛禽猛獸

在很緩和的地勢之處

遠處觀浪

啊
為什麼總嚮往著那些個
所謂原初狀態
所謂初始
（我們辜且稱之為種子？）

一株植物
開了花結了果
卻仍記得她的前世嗎

又或著者
另一隻貓
另一隻狗
另一群不知名的動物們
的初始記憶

花憶今生

從場外走到場內
遊戲依舊
然而景色不同
勇敢是一種必需的配備
把世界塗上了色彩
由於規則的關係
你必需謹慎行事
即便一隻自由的魚
亦然

道場裡的魚

隨著波峰起
隨著波峰落

不隨波峰起
不隨波峰落

If \ Else If

往覆本就是鐘擺的必然
然而卻誤認其為偏誤

如果將此視為負
何者又為正

標準時區

配適度
超棒的概念
天真者與魔法師

想再多也沒用

就是軌道
軌道可能開往四通八達
但它就是軌道

列車行於其上
駕駛長駕駛列車
乘車搭乘其中

沿途風光明媚
（本地與異地的風光）
（往往驚艷）

明媚使人眷戀
眷戀而心生滅

仿若搭建好的場景
通往該去的地方

交通建設

其實相當不禮貌地
我們進入了他人的夢裡
跟隨著場景
跟隨著心跳
跟隨著呼吸

夢還有分
比較好理解的
以及超級難懂的

如果我們一旦懷疑
則立即清醒

散場後的票根

自己炊煮食自己的食
冬日炊煙
白日心底

蘿蔔安靜的浮沉滾水
不聲不色
不悶不響

瓢羹將其移送入口
一如你
一如想到你

蘿蔔湯

假的世界寄居於真的世界
仿若太極
相隨而生

有時你不真正想要使用
「演化」這詞彙

演化
進步
民主
太平

可是事實上演化
又確實
確實發生

機票
密碼
火鍋
醬料

是一個生態系
物種的共生
生態系的平衡

生態系

成像篇

禪堂中
坐禪的時候
他仍感到身體的安住
然而心思的飄移
如同剪接者
將當下的經驗者帶往不確定的未知方向

他不那麼確定
自己是否適合身處此處
即便我佛慈悲
然他時常並不
如果有那麼一點點懺心的話
能夠開引出什麼呢
迷離於這個漂移的現世

佛堂坐禪

無論在哪裡
其實都在禪坐
禪無所不在

這裡有這裡的禪　那裡有那裡的禪
夏天的蟬　　（樹上）　秋天的蟬　（草地）
中餐的饞　　（梅子）　晚餐的饞　（薄荷）

心念如何微動呢？
微微發出一些光子
光離開了這些跟那些地方
來到這裡
是因為什麼
跳動
振動
感動

纏順成詩

鬆綁

跨出自己的時候
力量與我們同在

（一點點水花
因為那裡有水）

如同開墾一片荒蕪之田
翻動
鋤犁
鬆動土壤
將最底層之富饒之物循散而出
凡走過必留下痕跡
再懶的農夫
皆是如此

吃與種

做我們所能做的
不去計較結果

開始就已經是旅途的一部分
如果真的有所謂的旅行
因為我們看到的
不僅僅是我們看到的
還有更多
已經看到的
以及
讓我們看到的

在這裡
或者那裡
都值得擁抱

值得擁抱

可以接受的範圍與
必需接受的範圍
在哪兒
有沒有界限？

大哲學家曾說：
當我凝望深淵，深淵亦凝視著我。

在風起雲湧幻化之時
人們可曾注意一隻蝴蝶的飛行
飛過你我身邊

的新鮮氣味

蝴蝶薄荷

都把自己顧好
則所有都會好
；
能念及他人的痛苦
自身的也不再那麼強烈

一體的兩面

檔案冊裡
很多都是停在特定的一頁
如果願意
很可以寫出新的一節

往往我們以為對方已經走遠
說不定也
留在原地

測不準原理

他方從來都是一種想像中的真實
生活在他方
從很久以前
似乎就是一種被憧憬的
想望
又或者
一直如那部電影經典詞句
（不如我們由頭來過）
而若當我們來到了所謂的他方
他方之光確實閃爍
但我們也逐漸看到
逐漸發現
所謂的他方
也是那麼多人的彼方
此方
心寸之方

他方：何方

於是
他開始回想
他所經歷過的那些
有多少
是必需的發生
多少

（讓那些所發生）（（他））

所召喚出的
另一個可能的國度
與
不確定之地

那麼
是不是
有一些可能
那是一個
必然的國度嗎

或者說
選擇
與被選擇
所產生的魔幻次元
魔幻
既魔且幻

猶如不懂中文的洋人說著中文
撫摸著咒語背後的古老靈魂
溫柔

但不煽情色

猶如那年
那些年
他所眷戀的大學泳池
陽光臨散落地窗旁
哨音與競賽泳道
一具具健魁的身軀

安穩的意志

與海等深

在一個不特別需要自己的地方出現
是不是一種特別有勇氣的行為

在那之前
地圖還是扁平的
故事還是一條直線

在那之後
有些東西開始立體
有些結點開始被加註

看好的不被看好的屬不屬於的
從何時開始
誰能夠說得出一個準？

喧鬧的球場有著球迷與球員看著比賽
沒有球迷的地方
我們能否好好地清理
每一個現場
每一個當下

In This Very Life

四月
一年之初
如春如風似幻

還沒記起前次告別之前
新聲已然悄悄喚撫

歲月殘忍卻且仁慈
總讓你有機會聆聽鳥鳴花香
在你還沒有機會擺攤之前
已然嚐遍美味

卻且仁慈

慈月

沒有遺憾的旅程就不叫旅程了！

因為已經知道終將迎向歸途
更知學習如何安住當下
因為無法確知同行的夥伴
更該把自己玩好

沒有歸程的旅行就不叫旅行了！

笑容記得秤重
不是吃到飽（太撐）
把一個美麗的瞬間記好
許個好願
讓美好片刻能往復長相左右

在來日
在心側
在無數個夢中

願天使長相左右

你們
為什麼還繼續探索呢
那裡不是已經寫著
前方禁止通行

旅人
裝備足夠了嗎
（如果沒有木棧棧道）

接下來的景觀
（不要怪我沒告訴你們）
就會開始逐漸原始化野蠻化喔
可能會有羚羊 穿山甲 或者黑熊
來跟你們打招呼
也可能有
沒看過的蕨類 食蟲植物 或者參天的古松

你們
確定好要往那邊前去了嗎？
（□Yes. □No.）
請選擇

404

在瑜珈的空間　就會生成瑜珈的記憶
在冥想的空間　就會生成冥想的記憶
在運動的空間　身體其實也都記得一切

一對一函數

該說那是一種操控嗎
還是合意的斯德哥爾摩

創造一個空間
讓所有的巧合發生
讓撞球檯上的撞球碰撞
讓打撞球的人也跟著撞球一起碰撞

如果能有選擇
事情會是這樣嗎？

離開了課堂
離開了現實
進入了那個被創造出來的空間

那是精準的語言
那是被設定好的語言
精準到
發射出
催出眼淚的子彈

不由自主：致〈我們與惡的距離〉

清明
既清，且明

你眼底的清，
化作我心內的明。

溫習

劃開沈默
猶如拿起一把尖銳手術刀

手術作為西方醫學的堡壘
作為危急時刻的最後一道防線
然而我們是否反思
人們究竟為何需要手術？
（如果沒有人禍，如果沒有惡疾）

偉大的心理學者＊早早言及
「若不是軍人孩子上遠方戰場要通話回家，電話線與火車恐
怕沒那麼重要」

防線
多麼堅實卻又脆弱的一道防線

他從來不會寫情詩

從來不會

*S. Freud, *Civilization and Its Discontents*,
《文明及其不滿》

忘記了池子的溫度

看似陽光普照的春天
池底還是一樣的冷

游泳
說到底
仍舊是種孤寂的運動
連喘氣都可能變得無聲無息

可是
子就是魚
就是知道魚的喜怒愛樂
（與孤寂）

子之背影
與魚一樣
都是真的

蔬菜鍋貼

我們其實不知道現實的全貌
所以僅能跟節點對話
節點更可能尚且不存於現實
那麼便是在與亡靈對話

現實何在
現實飄落何方
現實能不能被我們把握
掌握
開出新的方向

叩問現實

瑜珈經提到：
約束心靈的變化

思考了一會
他試著想把這句話微調成：

「隨順心靈的變化」

字面改變
但字底深層則持續聯通
如城市地底的水道
也如森林地表下交錯的根

瑜珈的確是一種約束
幾十個人 (甚至百人)
擠在一間小教室
上課前要看看誰今天站你旁邊
課中姿勢不要擺到別人
下了課在狹小更衣室要行禮如儀穿梭入去
老師約束 學生約束 工作人員也約束

「約束」有沒有可能轉化成「隨順」？

隨順因緣
風調雨順
無入而不自得？

拼圖

將日子活得恍惚
猶如近日天氣
看似雲淡風輕
誰知是否風起雲湧

雲湧
一湧起你就輸了
氣需要被安放
查克拉
封印之地
最後的大魔王

恍惚些
你便能感受到整座城市的恍惚
以及漫不經心

一杯中冰拿
八冰綠
下一站

請您上下車刷卡
週一吃素菜錢打九折

輕閉雙眼
再慢慢看見

日子

交給太陽
交給星星
交給月亮

寬恕

人望怪獸
是謂怪獸

怪獸望人
也謂更怪之獸

對鏡

節拍上的身體
是身體
是肌肉區域
是動作
還是機器

我們在動作中旅行
在姿勢中記憶
那無關乎天氣
是的
就是旅行

然後
你看見了一片海
蔚藍的海
你終於記得
學習一隻海豚
跳入那片無邊無際

不存在的馬戲團

純粹的身體
必須接受純粹的身體

畫一個太極的圓
從這端　到那端
架一個下犬的勾
勾出所希望的形狀

形狀
什麼樣的形狀
對應到正確的身體
與氣象

如果當時不是晴天

氣象預測

在平靜的時刻書寫憂鬱
或許這是黑暗頂端
光在旁邊
在遠方的燈塔
在訊息發出的另一方

假想
假作真想
任何角落都該有可能的連結吧
任何崩裂之後
假裝我們沒有經過什麼
假裝睜開眼又會是新的一天

讓我感覺
在黑暗之中
觸碰到一雙手
（會是你嗎）

陪著我
繼續生活

在平靜時書寫憂鬱

惑
困惑
Confused
Confusion

如同銅板有兩面一般
「每一個人」

是否也都有
「兩面」？

（如果搭捷運遇到了諮商師
我們是否點頭
是否談話是否哭泣是否擁抱）

如果還沒互給對方一個巴掌

巴掌

暴雨之夜
我與不知名之武者在小路過招
幾乎容不下二人之徑
之境

那人呈現了一切
我所幻想到的招式
招招凌厲
招招刺心

彷彿招招為我所設
我只能持劍以侍

霎時
那人背後出現了一面鏡子
鏡子映照出那人與對方之我
又映照出我背後的另一張鏡子

在雙對鏡的鏡像空間中
我看見了那人看見我（看見的那人）
到底
誰是我
誰是那人

鏡像

社會其實都在那裡
親社會反社會參與社會逃離社會
如同盤據或離開天空的雲系
飄進飄出

委身或主導或者賣身

於人
於單位
於各式各樣的早晨

社會其實都在那裡

一則新聞不代表社會
然而誰又幻想成為一則新聞
幻想不成為那些樣板
等待下一班捷運的到來

出走

早晨：I

進不到語言界的幽冥啊
我以我的肉身作為邊界
抵禦你們的最後一哩路

希望你們理解：
來到這兒之後，
你們即不再屬於你們，
那對我們雙方都不是正確的歸屬。

「正確」
我知道這詞由我口中說來諷刺
（猶如出軌的男人向正宮求請說項）

但我請你們（與我）都該理解
這世界的確就是建立在這樣似明又隱的主從、使役關係之上
啊
陽與陰、正與負

這個帝國從古至今皆是如此，是吧

語言界滿是荊棘
你們就算來到這裡
也不見得會開心

論使役關係

小心地使用語言
如同打一顆安靜的蛋

安靜的生蛋是安靜的
那可能孕育萬物

但漸漸
會變成像是溫泉蛋
跟煮熟的水煮蛋

而小心笑笑
的說

慎言

人間之道何其多
但若獨學而無友
則無陋且無聞

在道成肉身的那些瞬間
他總能經驗到當下的定
天地之間的降生

無可否認地
每一次的經驗
都彷彿在為所謂的下一次
預先鋪陳梗概
疊床架屋

他必須釐清這些事實
因為那裡有一個世界他必須相見
必須以其自身之方式
呈現

降生與呈現

不二分的世界應該會是一個非常有趣的世界

不是有罪　也不是無罪
銅板不是正面　也不是反面
綠茶不是有糖　也不是沒有糖
廁所不是男　也不是女

所以
不二分看似放棄的是文字與概念上的對立
不如進一步說
放棄了文字與概念本身

再進一步說
這個「放棄」
同時是不是也可以看成一種新的「拾取」？

好比某人收回訊息的那些瞬間
曾經存在過的依舊曾經存在
但當所謂說過的話被收回
這時候
什麼或者什麼
同時應該也在另一個不二的空間

溫和生長

不二

如果能夠失控
你便允許了瓦解

植物被天地照顧
被水照顧
也有些植物有時不
安靜地枯萎

有時
有時

無題

人們早已不在各自的位置上
關節錯位可能尚且是一個非常保守的說法

有些人或許獲得了些許的話語權
但那改變不了這個微小且巨大的偏移

我無法站在至高的平原俯視這一切
彷彿這些不涉此世
不涉我身

動脈骨折

把心理置換成語言
把語言置換成文字
把文字置換成意念
把意念拋接給上天

電子傳遞鏈

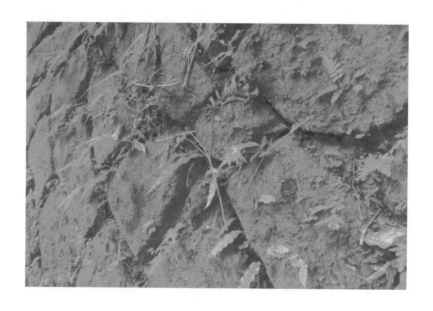

共識是空氣中的煙
出現
散去
需要的時候又出現

共識是雨天裡的空氣
一直都在
只是多了雨滴

共識是還沒按的讚
在我們真的看到

之前

共識

所謂的自我修復是什麼呢
像是受傷後的血小板嗎
像是脫皮後的蛇嗎
還是人的什麼什麼作用力
要讓這些與那些
來來去去
換得一身健康清淨

洗心

好好當好學徒
好好當好病患
好好當好顧客

好好
好好

工作：學習年代

當他知道這世界有人的職業是與人
作戰打仗
他便知道
這世界毫無規則可言

規則

那些年
他想要的說穿了就是陌生

陌生的空氣
陌生的語言
陌生的登場人物

只要不曾開始
（或只在開始）
事物便停留在最美的那個瞬間

仿佛我們不熟悉的平板程式
慢慢探索
慢慢
玩

玩

最終能夠去到很綠的地方照光吹風

你感到很安心

那裡

我請求一株植物告訴我答案
他說：
「你不是已經早就知道了嗎」
當你準備看到我的時候

準備看見

命運轉盤有時在暗中刻劃
讓木偶碰到了木偶
蓮藕的絲能不能斷還不是重點
在我們的思念還無法抑止之前

笨蛋蓮藕

妊紫嫣紅
妊紫嫣紅

觸見苔蘚的呼喚
嗅入地表紋理

理解仿若障礙
感受趨似佛道

願藥師之力注入此地（與空）
此刻（多些）
此身（佛性）

南無藥師琉璃光如來

苔蘚滿漫

一個人和一隻貓的距離

恰如一個人和這個世界的距離

無題

背景草圖是青澀的迴音
我們試圖辨識

主旋律仍逕自併行

無題

把狂亂化為未知的漂流
你說這是解藥嗎
啊
我們不知道
從來不知道
下一秒雲的走向
風扇的強度
營養午餐的菜色
我們到處奔波
與他們定點瀏覽
視線所及之寬狹

抽牌，繼續抽牌

在霧中
我們清醒

在清醒中
我們如夢

可是總免不了親近
免不了稻米
免不了一口麵與湯

無關談不談論餓
總有店員熟記

視若無睹

希望能夠感受到場域的力量
哪怕只是美好環境中的一粒塵埃
空間是意念構成的集合
看不見的善
（與惡）
所以
仔細看
用心看
看出那些表層之外的玄機
抓住那個想要抓住的
通往下一扇意義之門
滿懷感激

尋找佛像、聖像

蜷縮成一個陌小的質點
在沙漠的中心起舞
來回的質點也同樣是質點
只是他們得以進出沙漠
而你是玫瑰

沙漠玫瑰

你看著眼前的這副風景
書櫃上的書
郵件裡的待辦事項
臉書的動態
想像著一切的起始

起始是一個真的問題嗎
好像從那個點開始
我們就可以走到今天

繼續走下去

好像可以

己經不是真的
從那個時間點開始
那你為何還要一直在意真
一直在意
一直在意不存在的問題
何不跟著一起漂流
在那條河道
觀察漂流之後
交付之後
你將被帶往何方

交付

像是經歷了一場漫長的旅程
你終於能夠好好地睡上一場

安詳寧靜
以一種蟄伏的姿態
跟一隻貓一樣
不被打擾

像是經歷了一場漫長的旅程

魔導士的徽章

使用看似語言的東西說話
他以為你在唱歌
其實你知道自己在跳舞

密碼

當一個庸俗的人
跟大家一起搭乘捷運

等待滿載的電梯
（滿滿一排的跑步機）
等待美食街裡的一陣桌椅
（足足一間的大賣場）

滿滿
足足
你感到滿足

因而你也應該安心

滿足安心

記得你會忘記
在每天的日出與日落

記得你會忘記
在海岸的湛藍與群山的翠綠

記得你會忘記
在這一隻與下一隻香之間

記得你會忘記
忘記我們曾經記得

魔術方塊

後來他開始比較明白所謂「界域」這樣的概念
把線拉開來
你便看到了世界

你便了解你所在的位置
所謂界門綱目科屬種
所謂本草綱目
所謂羊奶不可能等同牛奶
（也暫且不管乃文）

彼時
你認為在你之外的
理應排斥
（而感到羞辱的）
你發現了那些與你的同一
（統一）

肉身沒有邊際
進入之後
也不代表我們產生連結

所謂的神
在靈體與靈體之間
發生的作用力
緣分作為一個非常末端的詞彙

必須被這麼保衛跟守護著

靈體守則

既然都已經沉到最底了
何不好好看看這片深淵

風景不一定在外面
也不一定在歌者的旋律線
生成的
天堂
與地獄

沖繩民謠

涉水
你其實不太喜歡涉水這詞
區分了水
與你
然而
當你涉水而過時
你不正是水
水也不正是你
有水的你與有你的水

像是那些美好記憶混成的時刻
你是美好的混成
你願意將自身與外界的界線暫且鬆綁
如同體內經脈系統在瑜珈過程中的流動
如同呼吸一口深深的新鮮空氣
宛若新生
宛若天光

美好的混成

風吹過
新的一次呼吸
看到下一條跳出來的新訊息

隨著時間變強

隨著時間變強

活著
你看見世界之明晰
亦揣想世界之深
如你面前
又在心中

時間意味著什麼實存
得以於實驗室解剖？
如果沒有時間
是否推出終無忘卻或原諒

光會來找我
正如每日我睜開雙眼
每夜安詳睡去
我也會去找光
牽手共迎時間

共迎

猜測是確認之後的結果
因為我們必須在平行宇宙中活動
幾何結構由平面結構衍生
更精準一點的說
由自算式

我們必須相信
所有的起源始自於行動
行動肇生因緣
（音源）
（（姻緣））

座標系統的轉換
使觀察者發生位移
觀測之角度也大大變化

形容詞是後來的添加物
但願我們都不曾遺忘

久別重逢

相較於學習或者記憶如此的明晰
遺忘究竟是如何發生

如果這個世界的花花萬物都存於內心的話
為何會被遺忘

遺忘是吃過的菜盤嗎
是下過的雨
還是貓掌走過的路

如果我們不希望
有沒有可能
不曾發生

遺忘紀年

夏夜是白晝的救贖
冬日是寒夜的救贖

夏是冬的
冬也是夏的希望

希望
會是彼此的
我們
會是彼此的希望

我們會是彼此的希望

不能被心念抓走，也不能被外境提去，
要用自己的力量游泳。

冬泳

在車上
聰明的找到一個可站之處
鍛煉腳力
甚好

站票

願意的時候
住進舒適房間
陳設簡潔
典雅清幽

你感染了那份習氣
感到歡欣

典雅的房間

不推文的使用者
在心裡笑

在場的沈默

只有你必須經歷的詩歌
腦海中的橡皮擦
一遍與一遍
允許自己與那些共存
存在
這個原本不該屬於哲學的問題
猶如時間之於無常
而那條路依常

無題

持續站立
你的根輪猶如大樹穩固
無論手朝前
或者腳提起

脈
脈的力學
（不是物理的那種）
所謂左脈與右脈

在哪裡合成呢

（合成）

化學的合成
玫瑰花的合成
一群螞蟻的合成

又或者在動作中那些
心與內聚力的合成

當老師走向你
當同體心示現
我們終將體驗
哈達瑜伽究竟將合成
夢瑜伽

記哈達瑜伽：給 A

我看著這個殘敗的世界
還是想把它修好

醫者之心

很多時候
界線是這樣子的

那裡有一扇門

你就把他踹開
硬要進去

運氣

多了些功效的
好像就少了點慈悲
但也不是完全沒有
開悟
也不見得只是個人的事
我們還要
繼續參

裡面的森林

一隻貓的經驗世界
當脫離主人懷抱

一隻貓的經驗世界

安靜的草木與安靜的花
在安靜的世界

直到野獸拜訪
開始有了聲音

寒武紀

如果仍有一點點作弊的空間
似乎就不同於純然的愛

純然的愛

還是會為了同一家餐廳覺得好吃
還是會為了同一首歌濕潤
還是會為了同一座城市旅行出發

還是會為了同一個人心動

幼稚

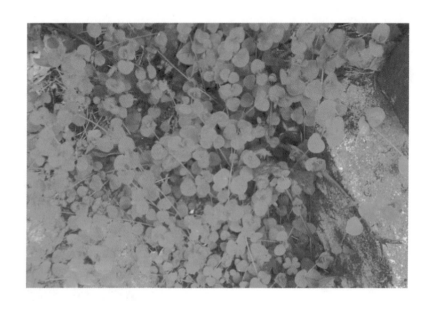

在遠方的土地
來到了池中央
太極的風
隨著他的指尖與掌心流動
風似雲
雲似水
水流向心

（所有的相遇都是久別重逢）

ㄏㄡ ㄌㄧˇ ㄐㄧˋ

無境之境
非想知想
你在湖畔那方
終不想至此方

日子如同清水
清了些
還是水了些

將一壺清水重新翻滾
便再是明日的到來

太好看

場景和場景沒有必然的關聯
如果有的話
那可能僅是誰的手指將其串接

站在一座新發現的平台
你感到既陌生且熟悉
陌生是因為久別
熟悉則因重逢

腦粉

重心
幾何學中
好像指向三角形的某一點

如果放到現實的三角形
這個詞往往讓人疑惑
什麼是生活的重心呢
當人們說生活要有重心的時候

起床
刷牙
吃飯
睡覺

那一個是重心
或者哪一個都不是重心

還是那裡可能有一個更重的
更靠近中心的
重心？

計算錯誤

再者
當人們說生活要有重心的時候
應該是指
生活要有重
還是
生活要有心
？

計算錯誤 II

好 像 再 多 看 了 一 首 詩
好 像 再 多 吃 了 一 頓 飯
好 像 又 記 住 了 那 段 話
就 可 以 被 誰 緊 緊 抱 著

好像

在原諒之後
前方看似一片坦途
你不曾想過
你不曾想過你們會走到這裡
如果這是一個必然的鍵結

你持續練習遺忘
忘記所有的一切注視當下
忘記曾經憶起
以至於無老無病
（老病相忘）

想要安靜的與他
共度餘生

餘生

恢復是我們逐漸熟悉的課題
從一場病恢復
從飽食中恢復
從深度的疲勞恢復
累壞了也還沒停
越恢復越好

恢復

不斷地扣問於正常與變態之間
想像存在
存在想像

如果這是我們得以觀看的方式
何以祂尚且不讓這個國度
來臨

半夢半醒

有人與你一起吃飯
有人與你一起上班
有人與你一起上課
有人與你一起回家

有人與你上同一堂課
有人與你聽同一個歌手
有人與你唸同一段經文

有人與你
一樣

與你一樣的人

殺戮或者和平
不過一念之間
一而再的演習
是否戰爭終將降臨

你開始習慣於減少不加思鎖的判斷
正如你知道有時集體暴亂其實是一團歡樂而寧靜的房間卻可
能暗藏殺機

「回歸到事物本身」
多麼響亮的那句現象學口號

事物與事物
聲音與聲音
現象，與，現，象

你來到了山前
逐漸不再那般猶豫

八式動禪

風流如果永遠是夢
亦願會是一場好夢

清風流願

把執念看成一種幻覺
如同颱風
稍縱即逝

颱風

存在過太多美好
但願我們恆常牢記

鼓聲漸緩

允許自己是這個樣子
允許自己是那個樣子
允許自己自己是百
是千（夠多了）
種
樣子

樣子

我望向你即將緊閉的雙眼
惺忪
仍不沉睡

視框

在那些時間
你總是讓我想到舉重若輕

（你總是讓我
總是讓他
他總是讓他）

在那些時間
我們來往私密的空間
與公開的空間

舉起
看得見的重量
與
看不見的重量

舉重：致 B

二十幾的他
似乎慣於對鏡張望
來到三十
惡性不改
除卻了時間
卻也涵括了時間

從鏡面反射出的投影
由清晰
而淡
而淡淡
仿若出鏡
但一場戲

入戲・出戲

静静地坐著
静静地呼吸
感受不到時間的流逝
感受得到你在我身邊

握

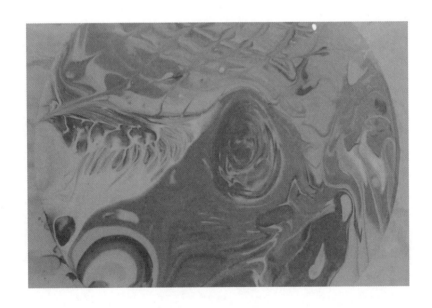

主啊
您給的這些信息啊
想要告訴我們什麼呢
種種因緣
繁繁眾生
冀求您憐憫

我們行走在道途
道途將帶領我們前往旅行的目的地

前往諸神所在之處

道途求憐憫

燒瓶裡的淺藍液體
點入了幾滴溶劑

由藍
而紅
而紫
而靛紫

化學反應並非物理反應
卻發生在物理世界
跑來跑去

灰飛煙滅

一隻犬大大吸了一口氣

主人招手向牠微笑

那裡一直都很平靜

那裡一直都在笑

默劇

勇敢地面對問題
像鬥士一樣衝鋒陷陣

沒有所謂輸贏
只有前進

Virabhadrasana

於是
你開始看著那個
一直都在那裡的東西

一直都在

本來面目

如果去年沒有為冬陽作詩
（如果有）

今年我仍非常樂意
寫下這些溫暖
這些可貴的

光

沒事，繼續

他常常在想，
貓是不是其實不屬於這個世界？
。 。 。

破綻

顧客真是一個天真的身分
好像我們從來都沒吃過
好像我們從來都不餓

布列德麵包

主啊
於聖歌中
於您的語言與靜默之中
是否恆存著光明
光明得以包覆瘖啞如我
在您的眼中
在弟兄姊妹的愛裡
我如何存在
我們如何得以存在

黑暗之光

有時身於此世
然你明知未知
在食物尚未消化
我們尚未發育前
都無法輕論味覺

文字是一種逸出
猶如身體
看得見觸不著
的荒唐

的慌

王家衛

是啊
也就只管繼續跳舞吧
不管是探戈或著華爾滋

音樂是一直不會停的
有著音樂就必須要有舞者
何不我們就去當當那個舞者

吸引的目光倒是其次
而舞者自身之心

由身調心

勇士一是站穩
跟上天的力量連結
提升

勇士二是前進
往前看
持續的往前看

勇士三
我們來到平衡
跟世界的平衡
跟自己的平衡

Virabhadrasana：II

中文裡是否沒有（或較少）這樣的用法？
用一個字表示一大段的時間

如果能夠以一種不是回憶錄的方式回想這段時間
（我）
將會用什麼樣的文字
（與表情）
將它們一一綻開？

千禧以降
星系降生人間
世界從平面轉向立體再轉向多維

同一部電影
從第一遍
第二遍
看到第無數遍

（回頭）

（再回頭）

同一間學校同一門課堂同一間辦公室與同一次的水滴

（你）
看到了這麼許多變換中的景色
（啊 其實還有更多）
所以
知道什麼是世界
（世界）
了嗎？

Decades

Special Thanks To:

Light

純

E

World Gym Taiwan
(小狼‧Will, Iron, 汪)

SPACE YOGA (Vincent, Zoe)

My Parents

(My) Beloved Cats

(Those / Whom) are Suffer:ing

神，佛，諸菩薩

2020 - 2022

國家圖書館出版品預行編目資料

機率。成像／徐羔著. —初版.—臺中市：白象文
化事業有限公司，2022.07
　　面；　公分
　ISBN 978-626-7151-32-7（平裝）

863.51　　　　　　　　　　　111008167

機率。成像

作　　者　徐羔
校　　對　徐羔
發 行 人　張輝潭
出版發行　白象文化事業有限公司
　　　　　412台中市大里區科技路1號8樓之2（台中軟體園區）
　　　　　出版專線：（04）2496-5995　　傳真：（04）2496-9901
　　　　　401台中市東區和平街228巷44號（經銷部）
　　　　　購書專線：（04）2220-8589　　傳真：（04）2220-8505
出版編印　林榮威、陳逸儒、黃麗穎、水邊、陳媁婷、李婕
設計創意　張禮南、何佳諠
經紀企劃　張輝潭、徐錦淳、廖書湘
經銷推廣　李莉吟、莊博亞、劉育姍、林政泓
行銷宣傳　黃姿虹、沈若瑜
營運管理　林金郎、曾千熏
印　　刷　基盛印刷工場
初版一刷　2022 年 07 月
定　　價　298 元

缺頁或破損請寄回更換
本書內容不代表出版單位立場，版權歸作者所有，內容權責由作者自負